Los tres chivitos Gruff

The
Three Billy Goats Gruff

Contado por/Retold by
Rebecca Hu-Van Wright

Ilustrado por/Illustrated by
Ying-Hwa Hu

STAR BRIGHT BOOKS
Cambridge, Massachusetts

To Caedmon
   –Ying-Hwa

Para Caedmon
   -Ying-Hwa

Translated by World Translation Center

Published in the United States of America by Star Bright Books, Inc.

The name Star Bright Books and the Star Bright Books logo are registered trademarks of Star Bright Books, Inc. Please visit: www.starbrightbooks.com. For bulk orders, email: orders@starbrightbooks.com, or call (617) 354-1300.

Spanish/English Paperback ISBN-13: 978-1-59572-730-5
Star Bright Books / MA / 00107150
Printed in China (WKT) 10 9 8 7 6 5 4 3 2 1

Printed on paper from sustainable forests and a percentage of post-consumer paper.

Library of Congress Control Number: 2015940282

Había una vez tres chivitos.

Once upon a time,
there were three goats.

Un chivito grande,

A big goat,

un chivito mediano

a middle-sized goat,

y un chivito pequeño.

and a little goat.

Eran conocidos como los
tres chivitos Gruff.

They were called the
Three Billy Goats Gruff.

Todo el día se lo pasaban jugando en la ladera de una colina y comiendo hierba verde. Pero la hierba nunca alcanzaba para los tres y siempre tenían hambre.

All day long they played on the hillside, eating the green grass. But there was never enough grass for the three of them, and they were always hungry.

Un día, en una colina al otro lado del valle, vieron la hierba más verde y deliciosa del mundo.

—¡Vamos allá! —dijo el chivito pequeño dando brincos.

—¡Estoy de acuerdo! —dijo el chivito mediano dando saltos.

—¡Por supuesto! —dijo el chivito grande haciendo una cabriola.

One day, on a hill across the valley, they saw the greenest, most delicious-looking grass.

"Let us go there!" said the littlest goat, skipping about.

"I agree!" said the middle-sized goat, jumping up and down.

"Absolutely!" said the biggest goat, prancing to and fro.

—¡Yo iré primero! —dijo el chivito pequeño.
—¡De acuerdo! —dijeron sus hermanos.

"I'll go first," said the littlest goat.
"All right," agreed his brothers.

Así que el chivito pequeño
bajó la colina,

So the littlest goat headed down
the hill, through the woods,

atravesó el bosque y llegó al puente.

until he came to a bridge.

¡Trip, trap, trip, trap!, hacían sus patitas en el puente.
Entonces oyó una voz estruendosa que decía:
—¿QUIÉN SE ATREVE A CRUZAR MI PUENTE?

"Trip, trap, trip, trap!"
He trotted onto the bridge.
Then he heard a thunderous
voice. "WHO'S THAT
CROSSING MY BRIDGE?"

¡El chivito pequeño casi se desmaya del susto!

—Soy yo, el chivito Gruff pequeño —dijo temblando.

Y de debajo del puente salió un trol enorme y de aspecto malvado.

The littlest goat nearly jumped out of his skin! "It's me, the littlest Billy Goat Gruff," he said, shaking. And out from under the bridge came the biggest, meanest-looking Troll.

—¡VOY A ZAMPARTE! —rugió.

"I AM GOING TO GOBBLE YOU UP!" he roared.

—¡Ay, no! A mí no —dijo el chivito—. Soy muy pequeño. Pero mi hermano, que llegará pronto, es mucho más grande.

"Oh, no! Not me," said the littlest goat, "I am too little. But my brother is coming soon, and he's so much bigger."

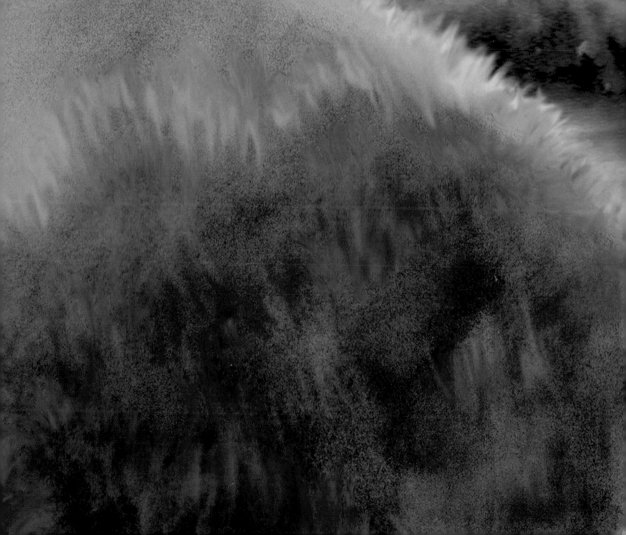

El trol lo pensó.—¡BUENO, PROCURA QUE SEA VERDAD! —dijo.

El chivito pequeño atravesó el puente tan rápido como pudo.

The Troll thought about it. "WELL, YOU HAD BETTER BE RIGHT!" he said.

The littlest goat ran across the bridge as fast as he could go.

Después llegó el chivito Gruff mediano.

¡Trap, trop, trap, trop!, hacían sus patas en el puente.

Entonces oyó una voz estruendosa.

—¿QUIÉN SE ATREVE A CRUZAR MI PUENTE? —
rugió el trol—. ¡VOY A ZAMPARTE!

Next came the middle-sized Billy Goat Gruff. "Trap, trop, trap, trop!" He trotted onto the bridge. Then he heard a thunderous voice. "WHO'S THAT CROSSING MY BRIDGE?" roared the Troll. "I AM GOING TO GOBBLE YOU UP!"

—¡Ay, no! A mí no —dijo el chivito mediano—. Soy muy pequeño. Pero mi hermano, que llegará pronto, es mucho más grande.

"Oh, no! Not me," said the middle-sized goat. "I'm much too small. My brother is coming soon, and he's a lot bigger than I am."

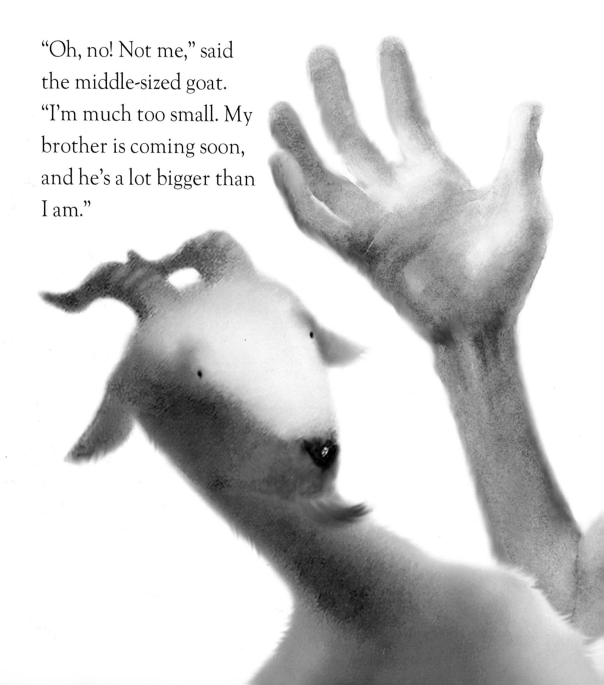

El trol lo pensó. —¡BUENO, PROCURA QUE SEA VERDAD! —dijo.

The Troll thought about it. "WELL, YOU HAD BETTER BE RIGHT!" he said.

El chivito mediano atravesó el puente tan rápido como pudo.
Después llegó el chivito Gruff grande.
¡Trop, tramp, trop, tramp!, hacían sus patas en el puente.

The middle-sized goat ran across the bridge as fast as he could. Next came the biggest Billy Goat Gruff.
"Trop, tramp, trop, tramp!" He trotted onto the bridge.

Entonces oyó una voz estruendosa.
—¿QUIÉN SE ATREVE A CRUZAR MI PUENTE? —rugió el trol—. ¡VOY A ZAMPARTE!

Then he heard a thunderous voice.
"WHO'S THAT CROSSING MY BRIDGE?" roared the Troll. "I AM GOING TO GOBBLE YOU UP!"

Pero entonces el trol vio que este chivito era MUCHO más grande que los otros dos.

¡Era ENORME!

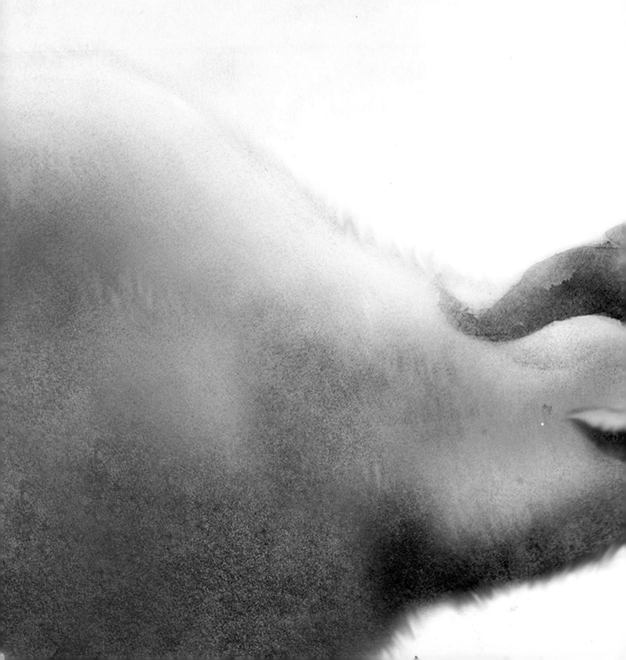

But then the Troll saw that this goat was much,
MUCH bigger than the other two goats.

He was HUGE!

El chivito Gruff grande bajó la cabeza y le dio un tremendo topetazo al trol.

¡PLAF! El trol cayó al agua.

And with a flick of his head, the biggest Billy Goat Gruff butted the Troll.

SPLASH! He landed into the water below.

Al fin, los tres chivitos Gruff se reunieron en la ladera llena de hierba verde.

At last, the Three Billy Goats Gruff were together on the green grassy hillside.

Allí comieron la jugosa hierba hasta que se sintieron satisfechos. Y nunca más volvieron a ver al malvado trol.

There they ate the juicy grass until their stomachs were full. And they never saw the mean Troll again.